# 韓文字母音節化

## 한글 음절표

- 下方每一個韓文字母的發音描述是根據《韓文羅馬字母化》一書，而非依據國際音標（IPA）。這是使用羅馬字母書寫韓文的官方規則。例如，單字 **서울** 是ㅅ + ㅓ、ㅜ + ㄹ（S + EO，U + L），寫為「Seoul（首爾）」。
- 試著將這些字母視為韓文字母，而不是英文字母。例如，ㅓ（eo）不是 [íːou] 或 [íːə]，而ㅗ（o）不是 [oʊ] 或 [əʊ]。他們是單元音。另外，當在發終聲ㄱ（k）、ㄷ（t）或ㅂ（p）時，請不要像用英語說單詞時那樣發出最後的氣音。

# (C)+V+C _(子音)+母音+子音

| (C)V / F.C | 가 ga | 나 na | 다 da | 라 la | 마 ma | 바 ba | 사 sa | 아 a | 자 ja | 차 cha |
|---|---|---|---|---|---|---|---|---|---|---|
| ㄱ k | 각 gak | 낙 nak | 닥 dak | 락 lak | 막 mak | 박 bak | 삭 sak | 악 ak | 작 jak | 착 chak |
| ㄴ n | 간 gan | 난 nan | 단 dan | 란 lan | 만 man | 반 ban | 산 san | 안 an | 잔 jan | 찬 chan |
| ㄷ t | 갇 gat | 낟 nat | 닫 dat | 랃 lat | 맏 mat | 받 bat | 삳 sat | 앋 at | 잗 jat | 찯 chat |
| ㄹ l | 갈 gal | 날 nal | 달 dal | 랄 lal | 말 mal | 발 bal | 살 sal | 알 al | 잘 jal | 찰 chal |
| ㅁ m | 감 gam | 남 nam | 담 dam | 람 lam | 맘 mam | 밤 bam | 삼 sam | 암 am | 잠 jam | 참 cham |
| ㅂ p | 갑 gap | 납 nap | 답 dap | 랍 lap | 맙 map | 밥 bap | 삽 sap | 압 ap | 잡 jap | 찹 chap |
| ㅇ ng | 강 gang | 낭 nang | 당 dang | 랑 lang | 망 mang | 방 bang | 상 sang | 앙 ang | 장 jang | 창 chang |

| (C)V / F.C | 카 ka | 타 ta | 파 pa | 하 ha | | 까 kka | 따 tta | 빠 ppa | 싸 ssa | 짜 jja |
|---|---|---|---|---|---|---|---|---|---|---|
| ㄱ k | 칵 kak | 탁 tak | 팍 pak | 학 hak | | 깍 kkak | 딱 ttak | 빡 ppak | 싹 ssak | 짝 jjak |
| ㄴ n | 칸 kan | 탄 tan | 판 pan | 한 han | | 깐 kkan | 딴 ttan | 빤 ppan | 싼 ssan | 짠 jjan |
| ㄷ t | 칻 kat | 탇 tat | 팓 pat | 핟 hat | | 깓 kkat | 딷 ttat | 빧 ppat | 싿 ssat | 짣 jjat |
| ㄹ l | 칼 kal | 탈 tal | 팔 pal | 할 hal | | 깔 kkal | 딸 ttal | 빨 ppal | 쌀 ssal | 짤 jjal |
| ㅁ m | 캄 kam | 탐 tam | 팜 pam | 함 ham | | 깜 kkam | 땀 ttam | 빰 ppam | 쌈 ssam | 짬 jjam |
| ㅂ p | 캅 kap | 탑 tap | 팝 pap | 합 hap | | 깝 kkap | 땁 ttap | 빱 ppap | 쌉 ssap | 짭 jjap |
| ㅇ ng | 캉 kang | 탕 tang | 팡 pang | 항 hang | | 깡 kkang | 땅 ttang | 빵 ppang | 쌍 ssang | 짱 jjang |

# 大家來學
## 韓國語40音
### 한국어 마스터키

Key Publications / 著　郭于禎 / 譯

全MP3一次下載

http://booknews.com.tw/mp3/9789864543069.htm

全 MP3 一次下載，iOS 系統請升級至 iOS 13 後再行下載。
此為大型檔案，建議使用 WIFI 連線下載，以免占用流量，並確認連線狀況，以利下載順暢。

# 簡介

　　本書的出版，是希望提供外國韓語學習新手一本值得被推薦的教科書。

　　本書不僅涵蓋韓文字母資訊，更包含韓語相關的背景知識、各種發音時的連音細節等，幫助您辨認字母的同時，可以實際閱讀及聆聽韓語。

　　這是一本科學但不艱澀的書籍，精確而且有趣。每個單元的字母從排序呈現就非常重要，提供各字母發音技巧及詳盡知識。

　　例如，在給予雙母音發音提示的同時點出ㄱ、ㅋ和ㄲ的差異，這些都是學習者難以辨識的字母。本書中也有針對練習、精進書寫的章節。


　　本書特別推薦給下列人士：

　　★首次學習韓文的入門學習者

　　★希望精進發音的中階／進階學習者

　　★任何想要簡潔扼要學習韓文字母的人士


　　這本書也非常適合想要學習韓語發音及書寫的您：

　　★系統化描述，更容易記憶每個字母

　　★免費音檔，以供精確發音和口說參考

　　★附帶豐富練習及書寫內容的習作本


　　現在，讓我們用這把大師之鑰，開啟學習韓語學習的大門吧！

# 目錄

**練習冊** 워크북

## 關於韓語你應該要知道的最基礎知識！

只要知道這個就行！

## 一旦你記得了這些，你就可以閱讀、書寫韓語！

| | |
|---|---|
| 單母音 | 단모음 |
| 平音／鼻音／流音 | 평음 / 비음 / 유음 |
| 激音／硬音 | 격음 / 경음 |
| 雙母音 | 이중 모음 |
| 終聲 | 받침 |

## 確認連音是如何發音的！

| | |
|---|---|
| 連音 | 연음 |
| 同化 | 동화 |
| 硬音化 | 경음화 |
| 激音化 | 격음화 |

# 《大家來學韓國語40音》使用說明

第0步 | **預先瀏覽**

透過熟悉的單字預先瀏覽字母。

＊透過韓語外來語和字母進行第一步接觸。

🔊 MP3 字母和單字音檔

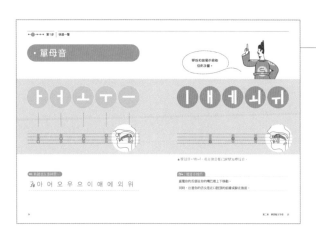

第1步 | **快速一瞥**

一次瀏覽所有即將學習的字母。

＊透過有意義的展示順序及發音技巧，學習完整的字母發音。

🔊 MP3 字母音檔

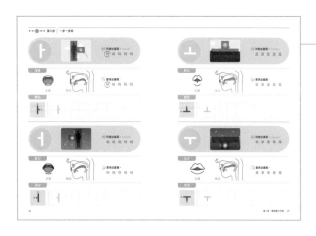

第2步 | **一步一步來**

仔細學習每個字母。

＊學習圖示能讓你更容易記憶每個字母、發音時的嘴型以及字母的筆劃順序。

🔊 MP3 字母音檔

## 第3步 | 搭配單字

用學會的字母來聽、說單字。

＊學習可以透過結合之前學會的字母來唸單字，並進行單字測驗。

🔊 MP3 單字和單字測驗音檔

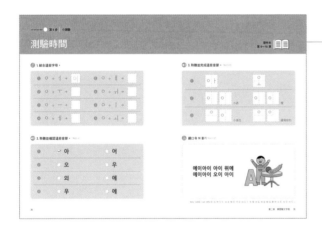

## 第4步 | 小測驗

透過各種類型的測驗，確認學到的字母。

＊透過如字母結合、聆聽並確認字母、完成單字等各類型的測驗，以及有趣的繞口令，確認你所學到的內容。

🔊 MP3 測驗和繞口令音檔

## 練習冊

進行大量練習和手寫。

＊透過聆聽和寫作練習的韓文字母和連音的複習測驗，學習簡潔書寫韓語的小技巧，並練習寫韓語。

# 課程計畫

| 學習內容 | | 日期 | 複習 | 課本 | 習作本 |
|---|---|---|---|---|---|
| **第一章**<br>韓文字母的故事 | | 月　日 | － | ☐ pp.9~19 | ☐ pp.4~6 |
| **第二章**<br>學習<br>韓文字母 | 1. 母音 ① | 月　日 | ☐ | ☐ pp.22~35 | ☐ pp.8~10 |
| | 2. 子音 ① | 月　日 | ☐ | ☐ pp.36~49 | ☐ pp.11~13 |
| | 3. 子音 ② | 月　日 | ☐ | ☐ pp.50~63 | ☐ pp.14~16 |
| | 4. 母音 ② | 月　日 | ☐ | ☐ pp.64~77 | ☐ pp.17~19 |
| | 5. 終聲 | 月　日 | ☐ | ☐ pp.78~95 | － |
| | | 月　日 | ☐ | ☐ pp.96~99 | ☐ pp.20~30 |
| **第三章**<br>連接發音 | | 月　日 | ☐ | ☐ pp.100~109 | ☐ pp.32~38 |
| 韓語書寫 | | 月　日 | ☐ | － | ☐ pp.40~53 |

即便學完這本書，你仍然可以持續複習這些課程直到完全熟練。

# 第一章

# 韓文字母的故事

## 한글이야기

# 1. 韓文字母造字的由來 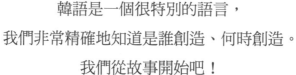 한글 창제

> 韓語是一個很特別的語言，
> 我們非常精確地知道是誰創造、何時創造。
> 我們從故事開始吧！

世宗大王（1397-1450）是朝鮮王朝的第四代君主。除了以智慧、聰明聞名之外，更重要的是，他心繫百姓。

當時，一種包含漢字的書寫文體僅在兩班階層使用，世宗大王對於無法閱讀和書寫困難漢字的百姓感到憐憫。

世宗大王根據科學原則創造了韓語，透過這個語言可以很輕鬆地捕捉口語文字，而且容易學習。

他宣告韓語是在 1446 年 10 月 9 日誕生。從此之後，平民百姓甚至是女子，都可以學習如何閱讀和書寫。

＊Hangeul (한글) 指的是韓文字母。

# 2. 韓文字母 한글 자모

## 母音 모음

母音有三個基礎字母，分別代表天、地和人。其他母音都是結合這三個字母而成的，這樣的結合與發音及構造都有關係。

習作本的第 4 頁到第 5 頁，可以詳細看到基礎字母是如何創造出新母音。

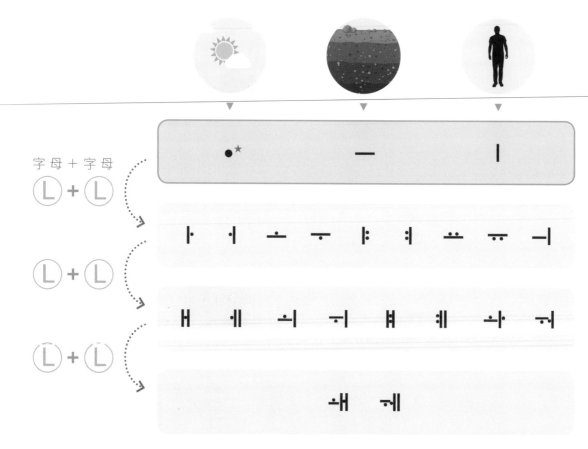

★有些原先被創造出來的古韓文現在已經沒有使用了。

# 子音 자음

　　子音有五種基礎字元，是基於說該子音時，發音器官外形創造出來的。

　　其他子音是透過在基礎字母上增添筆劃而出現，有時候是組合兩個字母。

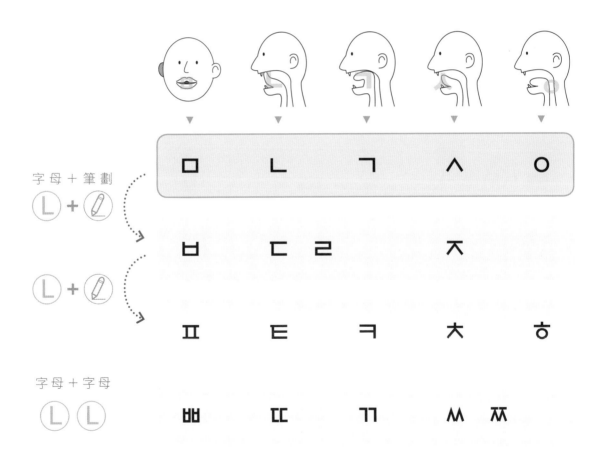

# 3. 音節結構 음절 구조

　　韓語是在一個想像的方框中結合母音和子音，以創造一個單獨的音節。

　　一個母音可以單獨發音，但最後一個子音必須與一個母音一起書寫。

　　單獨使用母音的時候，你必須在母音前面寫一個不需發音的「ㅇ」。在這本書中，子音會與母音「ㅡ」一起讀，這是最能表現子音發音的方法。

　　因此，下述母音和子音的結合可以創造一個獨立音節。

★V＝母音，C＝子音

- V

　　Ex. (ㅇ) + ㅏ

- C+V

　　Ex. ㄱ + ㅜ, ㅂ + ㅟ

- V+C

　　Ex. (ㅇ) + ㅘ + ㄴ

- C+V+C

　　Ex. ㅅ + ㅓ + ㅇ, ㄷ + ㅗ + ㄱ

　　在這個架構最後的子音稱為**받침**「終聲」。如果你把這些放在一個方框內，就會出現下述可能結構。

- ( C )+V

  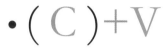 아, 구, 뷔

- ( C )+V+C

  **Ex.** 성, 독, 완

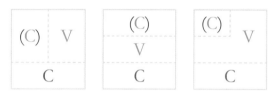

讓我們分析一個你知道的字彙：現在正在學的**한국어**。**한국어**這個字有三個音節，可以被區分成下述結構。

**Ex.** 한국어

- ㅎ + ㅏ + ㄴ → 한
- ㄱ + ㅜ + ㄱ → 국
-     ㅓ     → 어

# 4. 筆劃順序 획순

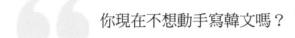

你現在不想動手寫韓文嗎？

**1.** → 左 → 右

**2.** ↓ 上 → 下

**3.** ↺ 逆時鐘

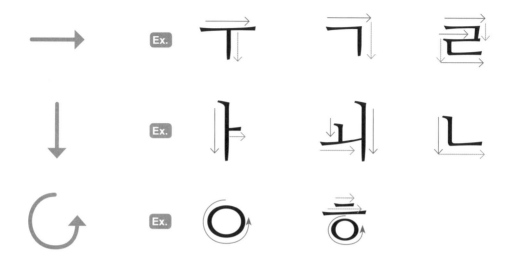

✏️ 請參考筆劃順序書寫字母。

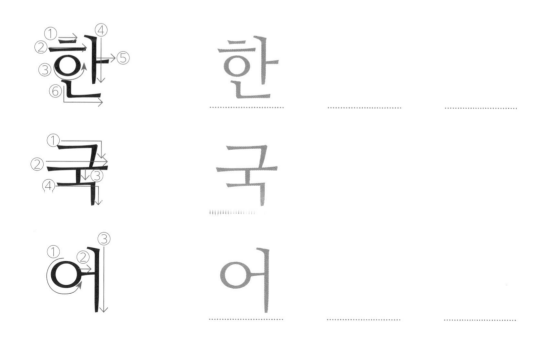

# 第二章

# 學習韓文字母

## 한글 익히기

# 母音 ① 모음 ①

## 單母音
## 단모음

[이]

TRACK 001

◀)) 聆聽單字裡的母音並在方框中打勾。

| ㅏ | 아파트 | 公寓 | ✓ |
|---|---|---|---|
| ㅓ | 아이디어 | 想法 | ☐ |
| ㅗ | 라디오 | 電台 | ☐ |
| ㅜ | 타투 | 刺青 | ☐ |
| ㅡ | 그리스 | 希臘 | ☐ |
| ㅣ | 커피 | 咖啡 | ☐ |
| ㅐ | 애니메이션 | 動畫 | ☐ |
| ㅔ | 베이지 | 米色 | ☐ |
| ㅚ | 괴테 | 歌德 | ☐ |
| ㅟ | 위스키 | 威士忌 | ☐ |

## • 單母音

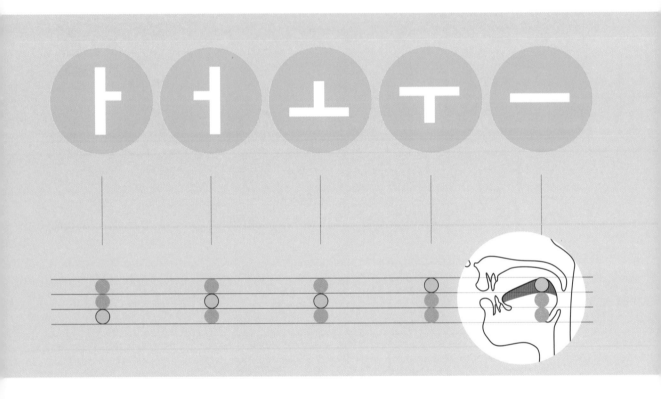

TRACK 002

 聆聽並反覆練習。

 아 어 오 우 으 이 애 에 외 위

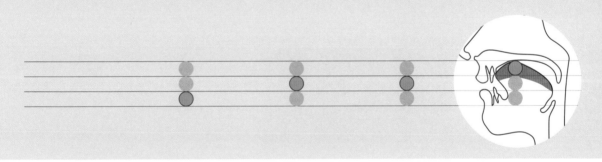

★單母音ㅚ和ㅟ，現在發音都已歸類為雙母音。

感覺你的舌頭在你的嘴巴裡上下移動。

同時，注意你的舌尖是在口腔頂的前緣或躲在後面。

ㅏ

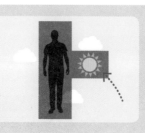

🔊 聆聽並畫圈。 TRACK 003

아 아 아 아 아

**發音**

正面　　側面

🗣 重複並畫圈。

아 아 아 아 아

**書寫**

---

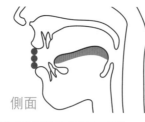

ㅓ

🔊 聆聽並畫圈。 TRACK 004

어 어 어 어 어

**發音**

正面　　側面

🗣 重複並畫圈。

어 어 어 어 어

**書寫**

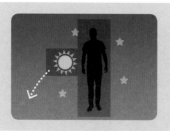
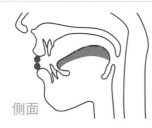

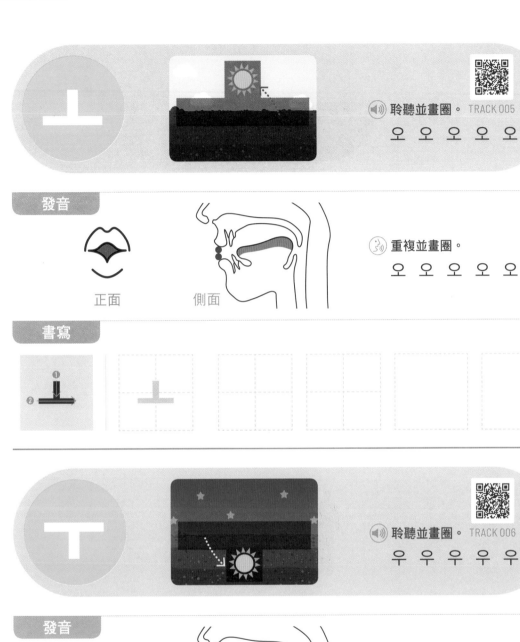

## ㅗ

(🔊) 聆聽並畫圈。 TRACK 005

ㅗ ㅗ ㅗ ㅗ ㅗ

### 發音

正面　　　側面

(🔊) 重複並畫圈。

ㅗ ㅗ ㅗ ㅗ ㅗ

### 書寫

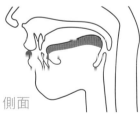

---

## ㅜ

(🔊) 聆聽並畫圈。 TRACK 006

ㅜ ㅜ ㅜ ㅜ ㅜ

### 發音

正面　　　側面

(🔊) 重複並畫圈。

ㅜ ㅜ ㅜ ㅜ ㅜ

### 書寫

 發音

 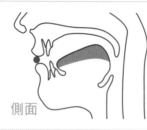

正面　　　側面

重複並畫圈。

書寫

 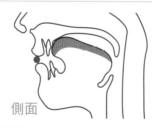

正面　　　側面

重複並畫圈。

書寫

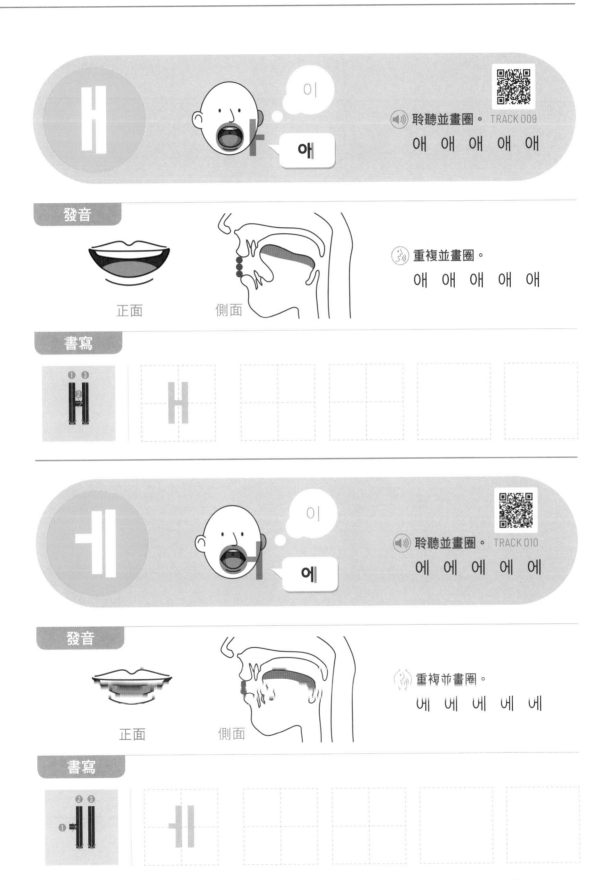

ㅐ

이

애

🔊 **聆聽並畫圈。** TRACK 009

애 애 애 애 애

**發音**

正面　　側面

🔄 **重複並畫圈。**

애 애 애 애 애

**書寫**

ㅐ

ㅔ

이

에

🔊 **聆聽並畫圈。** TRACK 010

에 에 에 에 에

**發音**

正面　　側面

🔄 **重複並畫圈。**

에 에 에 에 에

**書寫**

聆聽並畫圈。 TRACK 011

외 외 외 외 외

發音

正面　　　側面

重複並畫圈。

외 외 외 외 외

書寫

聆聽並畫圈。 TRACK 012

위 위 위 위 위

發音

正面　　　側面

重複並畫圈。

위 위 위 위 위

書寫

## 🔑 發音技巧

　　如同你在第一章看到的，母音是藉由結合母音字母創造出來的，而非只是形態。例如，ㅐ是ㅏ和ㅣ結合而成的，ㅐ不僅外形結合了「ㅏ＋ㅣ」，發音也會結合。

　　因此，如果你先像發아[]那樣打開嘴巴，然後在嘴巴打開的狀態下試著發出이[ 이 ]，聽起來就會像是애[ 애 ]。

　　現在你知道母音是透過單母音和拼音產生的，就能發現ㅐ和ㅔ的不同。既然ㅐ是從ㅏ開始，而ㅔ是從ㅓ開始，嘴巴打開的程度和舌頭發音的位置就會有些許不同。然而，這些母音在現代的使用已經幾乎沒有差異。很難在現代韓語辨別出他們的不同。

　　還有兩個母音，實際發音是不一樣的，不適用這項規則。單母音외和위應該要發為一個音，但它們聽起來像是兩個母音逐漸變成一個音。事實上，외的發音更像是오-에或우-에，而위的發音更像是우-이。因此，從下一頁開始就會以외和위真實的雙母音發音方式來發音。

🔊 聆聽並比較這些發音。　TRACK 013

1. 單母音 외 的發音：雙母音 외 的發音

2. 單母音 위 的發音：雙母音 위 的發音

  第 3 步 搭配單字

# 單字

 聆聽並重複這些單字。 TRACK 014

小黃瓜

弟弟

A

# 오이　　아우　　에이

 1. 聆聽並圈出正確的圖示。

TRACK 015

 ①

 ②

 ③

小孩

上面

友誼

# 아이 　 위 　 우애

TRACK 016

◀») 2. 聆聽並圈出正確的單字。

| ❶ | 오이 | 아우 |
|---|---|---|
| ❷ | 에이 | 아이 |
| ❸ | 위 | 우애 |

1. ① 우이(Left) ② 아이(Right) ③ 우애(R) 2. ① 아우 ② 에이 ③ 위

# 測驗時間

✏️ **1. 結合這些字母。**

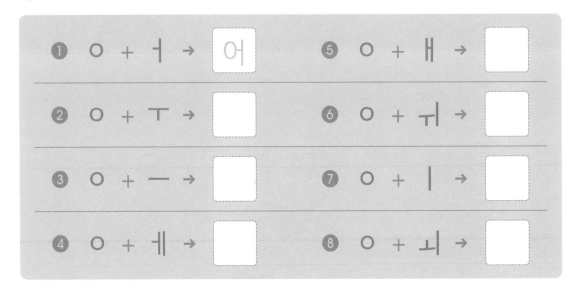

❶ ㅇ + ㅓ → 어    ❺ ㅇ + ㅐ → ☐

❷ ㅇ + ㅜ → ☐    ❻ ㅇ + ㅟ → ☐

❸ ㅇ + ㅡ → ☐    ❼ ㅇ + ㅣ → ☐

❹ ㅇ + ㅔ → ☐    ❽ ㅇ + ㅚ → ☐

🔊 **2. 聆聽並確認這些音節。**  TRACK 017

| | | |
|---|---|---|
| ❶ | ☑ 아 | ☐ 어 |
| ❷ | ☐ 오 | ☐ 우 |
| ❸ | ☐ 외 | ☐ 애 |
| ❹ | ☐ 우 | ☐ 에 |

**3. 聆聽並完成這些音節。** TRACK 018

❶ ㅇ ㅏ    ㅇ
            ㅗ

❷ ㅇ  ㅇ       小孩    ㅇ  ㅇ       嘿

❸  ㅇ
      ㅇ      小黃瓜    ㅇ  ㅇ       優勢地位

**繞口令 혀 풀기** TRACK 019

에이아이 아이 위에
에이아이 오이 아이

# 子音 ① 자음 ①

## 平音 / 鼻音 / 流音
## 평음 / 비음 / 유음

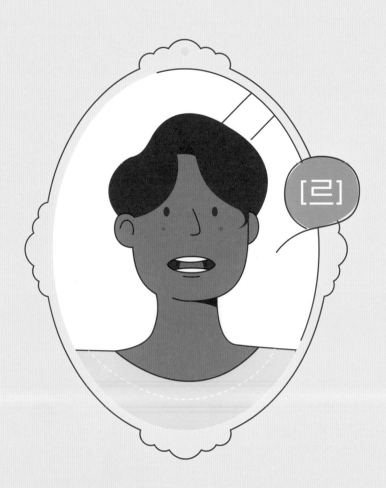

◀)) 聆聽單字裡的子音並在方框中打勾。

| | | | |
|---|---|---|---|
| ㅁ | 드라마 | 戲劇 | ☐ |
| ㅂ | 배터리 | 電池 | ☐ |
| ㄴ | 바나나 | 香蕉 | ☐ |
| ㄷ | 댄스 | 舞蹈 | ☐ |
| ㄹ | 라디오 | 廣播 | ☐ |
| ㅅ | 마사지 | 按摩 | ☐ |
| ㅈ | 재즈 | 爵士 | ☐ |
| ㄱ | 가스 | 瓦斯 | ☐ |
| ㅇ | 아나운서 | 播音員 | ☐ |
| ㅎ | 하드 | 困難 | ☐ |

## 平音 / 鼻音 / 流音
ㅂㄷㅅㅈㄱㅎ   ㅁㄴㅇ   ㄹ

ㅁ ㅂ ㄴ ㄷ ㄹ ㅅ

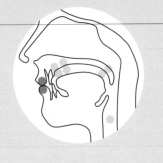

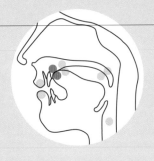

 🔊 聆聽並反覆練習。   TRACK 021

ㅁ ㅂ ㄴ ㄷ ㄹ ㅅ ㅈ ㄱ ㅇ ㅎ

請搭配母音 ㅡ 一起唸，因為子音無法單獨發音。

★「ㅇ」沒有任何語音音值，所以這裡呈現的發音位置，是把它視為終聲子音發音時的狀況。

發音小技巧

感覺發音位置逐漸下降！

(◉)) 聆聽並畫圈。 TRACK 022

ㅁ ㅁ ㅁ ㅁ ㅁ

發音

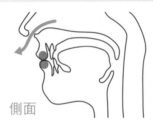

(◉)) 重複並畫圈。

ㅁ ㅁ ㅁ ㅁ ㅁ

↙ 僅從鼻子吐氣。

正面　　　側面

**書寫**

---

(◉)) 聆聽並畫圈。 TRACK 023

ㅂ ㅂ ㅂ ㅂ ㅂ

**發音**

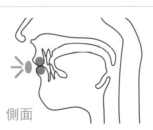

(◉)) 重複並畫圈。

ㅂ ㅂ ㅂ ㅂ ㅂ

↘ 在吐氣時停止,然後瞬間釋放。

正面　　　側面

**書寫**

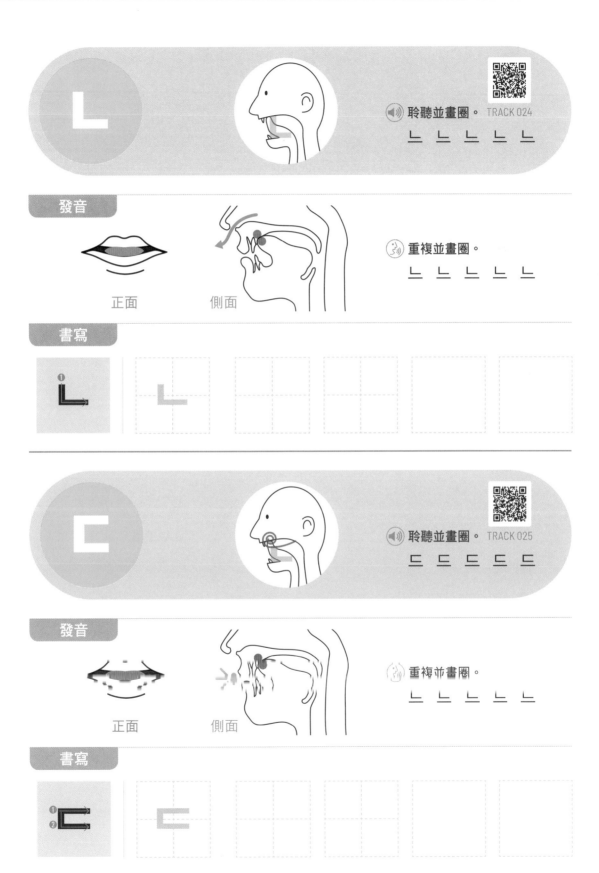

ㄴ

聆聽並畫圈。 TRACK 024

ㄴ ㄴ ㄴ ㄴ ㄴ

發音

正面　　　側面

重複並畫圈。

ㄴ ㄴ ㄴ ㄴ ㄴ

書寫

ㄷ

聆聽並畫圈。 TRACK 025

ㄷ ㄷ ㄷ ㄷ ㄷ

發音

正面　　　側面

重複並畫圈。

ㄴ ㄴ ㄴ ㄴ ㄴ

書寫

🔊 **聆聽並畫圈。** TRACK 026

ㄹ ㄹ ㄹ ㄹ ㄹ

**發音**

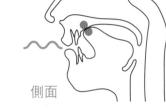

正面　　　側面

🔊 **重複並畫圈。**

ㄹ ㄹ ㄹ ㄹ ㄹ

〜〜 舌頭只會部分關閉，所以氣流
相較而言是比較順的。

**書寫**

---

🔊 **聆聽並畫圈。** TRACK 027

ㅅ ㅅ ㅅ ㅅ ㅅ

**發音**

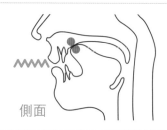

正面　　　側面

🔊 **重複並畫圈。**

ㅅ ㅅ ㅅ ㅅ ㅅ

〰〰 強迫從很窄的空間中吐氣。

**書寫**

(((•))) 聆聽並畫圈。 TRACK 028

ㅈ ㅈ ㅈ ㅈ ㅈ

 發音

正面　　　側面

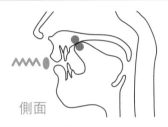

(੭_ŋ) 重複並畫圈。

ㅈ ㅈ ㅈ ㅈ ㅈ

〰️● 從 →● 開始，然後在同個位子轉換成 〰️。

書寫

---

(((•))) 聆聽並畫圈。 TRACK 029

ㄱ ㄱ ㄱ ㄱ ㄱ

 發音

正面　　　側面

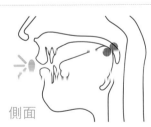

(੭_ŋ) 重複並畫圈。

ㄱ ㄱ ㄱ ㄱ ㄱ

書寫

ㅇ

🔊 聆聽並畫圈。 TRACK 030

ㅇ ㅇ ㅇ ㅇ ㅇ

**發音**

 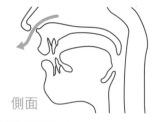

正面　　　側面

🗣 重複並畫圈。

ㅇ ㅇ ㅇ ㅇ ㅇ

**書寫**

ㅎ

🔊 聆聽並畫圈。 TRACK 031

ㅎ ㅎ ㅎ ㅎ ㅎ

**發音**

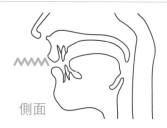

正面　　　側面

🗣 重複並畫圈。

ㅎ ㅎ ㅎ ㅎ ㅎ

**書寫**

有許多語言會利用聲帶振動與否，區分為濁音或清音。例如，母音和會振動聲帶的 [b]、[v]、[d]、[z]、[g]、[m]、[n]、[l] 和 [r] 是濁音，而 [p]、[f]、[t]、[s] 和 [k] 是清音，不會振動聲帶。

然而，韓語不是一個會區分濁音和清音的語言。因此，一個會區分清音和濁音的語言，使用者會發現가[ga] 被放在聲帶不會振動的清音，也就是카[ka] 的初始音節。在聲帶振動的狀態下，가的使用也是正確的。但是，韓語不會區分濁音和清音，所以這兩者在韓語發音是相同的。

為了要區分發音，這裡有一些可以區分濁音和清音的例子，仔細聆聽並記住，同一個韓文字母會有兩種發音。

聆聽並比較發音。

🔊 聆聽並比較這些發音。 TRACK 032

|  | ㅂ | ㄷ | ㅈ | ㄱ |
|---|---|---|---|---|
| 清音 | 바 | 다 | 자 | 가 |
| 濁音 | 아바 | 아다 | 아자 | 아가 |

# 單字

🔊 聆聽並重複這些單字。 TRACK 033

香蕉 橋樑 樹木

바나나 다리 나무

🔊 1. 聆聽並圈出正確的圖示。 TRACK 034

①

②

③

下午　　　　　獅子　　　　　香腸

오후　　　　　사자　　　　　소시지

🔊 2. 聆聽並圈出正確的單字。

TRACK 035

| ❶ | 바나나 | 다리 |
|---|---|---|
| ❷ | 나무 | 오후 |
| ❸ | 사자 | 소시지 |

1.①바나나(L) ②나무(L) ③소시지(라) ④오후(가) 2.①다리 ②나무 ③사자

# 測驗時間

1. 結合這些字母。

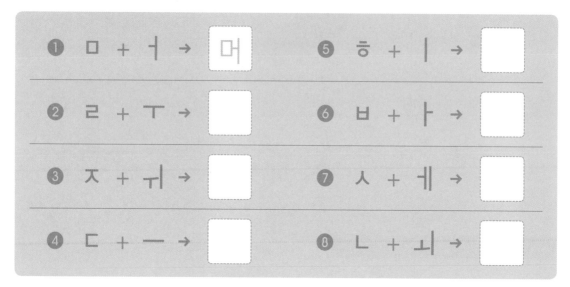

❶ ㅁ + ㅓ → 머

❺ ㅎ + ㅣ → ☐

❷ ㄹ + ㅜ → ☐

❻ ㅂ + ㅏ → ☐

❸ ㅈ + ㅓ → ☐

❼ ㅅ + ㅔ → ☐

❹ ㄷ + ㅡ → ☐

❽ ㄴ + ㅚ → ☐

2. 聆聽並確認這些音節。

TRACK 036

❶ ☐ 다 ☑ 마

❷ ☐ 도 ☐ 소

❸ ☐ 미 ☐ 지

❹ ☐ 헤 ☐ 에

**3. 聆聽並完成這些音節。** TRACK 037

① ㄱㅏ ㅁㅏ　轎子　　ㅅㅏ ㅈㅏ　獅子

② ㅏ ㅣ　蝴蝶　　ㅏ ㅣ　橋樑

③ ㅏ ㅜ　粉末　　ㅏ ㅜ　樹木

**繞口令** 혀 풀기 TRACK 038

다리 위 다래나무에
다래가 다래나대
라디오 노래에 뒤에서
아기도 도리도리

# 子音 ② 자음 ②

## 激音 / 硬音
## 격음 / 경음

[ㅌ]

TRACK 039

### 🔊 聆聽單字裡的子音並在方框中打勾。

| | | | |
|---|---|---|---|
| ㅍ | 파티 | 派對 | ☐ |
| ㅌ | 스타 | 星星 | ☐ |
| ㅊ | 차트 | 圖表 | ☐ |
| ㅋ | 카페 | 咖啡廳 | ☐ |
| ㅃ | 빼터리★ | 電池 | ☐ |
| ㄸ | 땐쓰★ | 舞蹈 | ☐ |
| ㅆ | 마싸지★ | 按摩 | ☐ |
| ㅉ | 째즈^ | 爵士 | ☐ |
| ㄲ | 까쓰★ | 瓦斯 | ☐ |

★ ㅃ、ㄸ、ㅆ、ㅉ、ㄲ的範例單字和先前我們看到的ㅂ、ㄷ、ㅅ、ㅈ、ㄱ（第 39 頁）相同。用韓語寫外來語時，我們不會用硬音表示，但實際上韓文單字的發音比較類似硬音。換句話說，寫成ㅂ、ㄷ、ㅅ、ㅈ、ㄱ是對的，但真實發音會更接近ㅃ、ㄸ、ㅆ、ㅉ、ㄲ的音。

## 激音 / 硬音
ㅍ ㅌ ㅊ ㅋ    ㄸ ㅆ ㄲ ㅃ

ㅍ    ㅌ    ㅊ    ㅋ

氣流

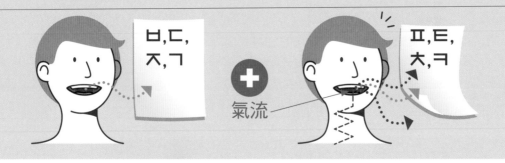

◀》 聆聽並反覆練習。    TRACK 040

🔊 ㅍ ㅌ ㅊ ㅋ ㅃ ㄸ ㅆ ㅉ ㄲ

**발음 小技巧**

從你的肺吐出更強的氣到這些地方，製造強烈的氣流。可以將你的手掌放在嘴巴前面感覺它。

唸的時候肚子請用力，在聲帶上施加更多力道，並把喉嚨緊縮，然後製造出比子音更急促的聲音。

🔊 **聆聽並畫圈。** TRACK 041

ㅍ ㅍ ㅍ ㅍ ㅍ

 **發音**

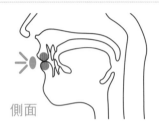

正面　　側面

💭 **重複並畫圈。**

ㅍ ㅍ ㅍ ㅍ ㅍ

 **書寫**

---

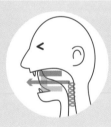

🔊 **聆聽並畫圈。** TRACK 042

ㅌ ㅌ ㅌ ㅌ ㅌ

**發音**

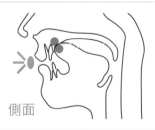

正面　　側面

💭 **重複並畫圈。**

ㅌ ㅌ ㅌ ㅌ ㅌ

**書寫**

54

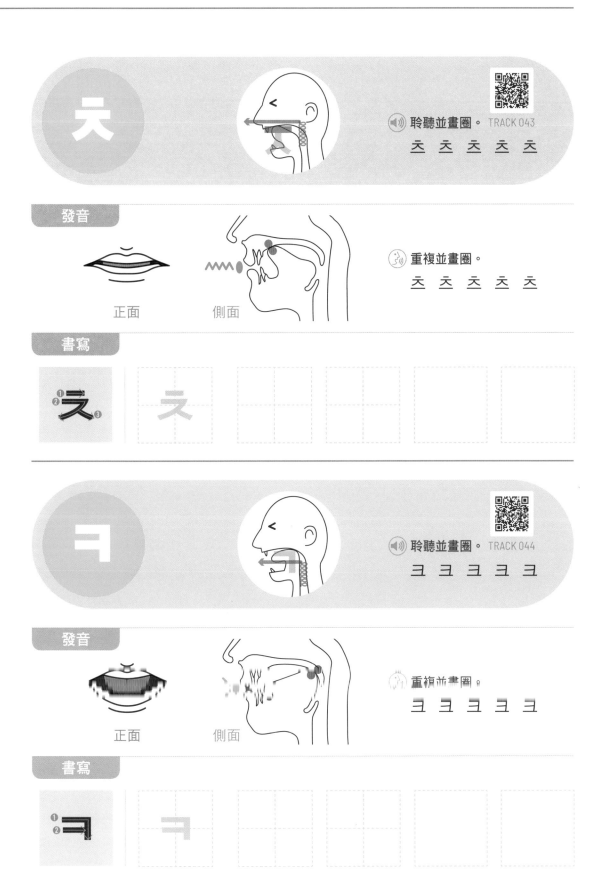

ㅊ

聆聽並畫圈。 TRACK 043
ㅊ ㅊ ㅊ ㅊ ㅊ

**發音**

正面　　　　側面

重複並畫圈。
ㅊ ㅊ ㅊ ㅊ ㅊ

**書寫**

ㅊ

ㅋ

聆聽並畫圈。 TRACK 044
ㅋ ㅋ ㅋ ㅋ ㅋ

**發音**

正面　　　　側面

重複並畫圈。
ㅋ ㅋ ㅋ ㅋ ㅋ

**書寫**

ㅋ

🔊 **聆聽並畫圈。** TRACK 045

ㅃ　ㅃ　ㅃ　ㅃ　ㅃ

**發音**

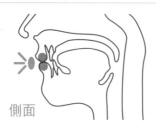

正面　　　側面

🗣 **重複並畫圈。**

ㅃ　ㅃ　ㅃ　ㅃ　ㅃ

**書寫**

---

🔊 **聆聽並畫圈。** TRACK 046

ㄸ　ㄸ　ㄸ　ㄸ　ㄸ

**發音**

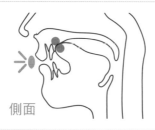

正面　　　側面

🗣 **重複並畫圈。**

ㄸ　ㄸ　ㄸ　ㄸ　ㄸ

**書寫**

聆聽並畫圈。 TRACK 047

ㅆ ㅆ ㅆ ㅆ ㅆ

### 發音

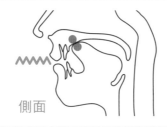

正面　　　　側面

重複並畫圈。

ㅆ ㅆ ㅆ ㅆ ㅆ

### 書寫

聆聽並畫圈。 TRACK 048

ㅉ ㅉ ㅉ ㅉ ㅉ

### 發音

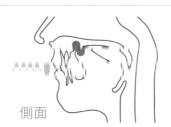

正面　　　　側面

重複並畫圈。

ㅉ ㅉ ㅉ ㅉ ㅉ

### 書寫

ㄇ

🔊 **聆聽並畫圈。** TRACK 049

ㄇ　ㄇ　ㄇ　ㄇ　ㄇ

### 發音

正面　　側面

🗣 **重複並畫圈。**

ㄇ　ㄇ　ㄇ　ㄇ　ㄇ

### 書寫

❶❷ ㄇ

ㄇ

唸子音時不會有任何肌肉緊張，可以全身放鬆，舒服且輕柔地發音。

激音是透過從喉嚨大力吐氣、用力發音。如果都失敗了，試著用噴口水的方式發音。

硬音則要用高強度的能量窄化氣流經過的地方，讓氣流難以流動並用力發音。

依序聆聽這些發音，比較子音、激音和硬音。

🔊 聆聽並比較這些發音。 TRACK 050

|  | 子音 | 激音 | 硬音 |
| --- | --- | --- | --- |
| ㅂ | 바 | 파 | 빠 |
| ㄷ | 다 | 타 | 따 |
| ㅈ | 자 | 차 | 짜 |
| ㄱ | 가 | 카 | 까 |
| ㅅ | 사 |  | 싸 |

# 單字

◀》 聆聽並重複這些單字。

TRACK 051

大衣

裙子

派對

# 코트　　치마　　파티

◀》 1. 聆聽並圈出正確的圖示。

TRACK 052

 ①

② 

③

60

哥哥

書寫

燉湯

**오빠**　　**쓰기**　　**찌개**

◀» 2. 聆聽並圈出正確的單字。

TRACK 053

| ❶ | **코트** | **치마** |
|---|---|---|
| ❷ | **파티** | **오빠** |
| ❸ | **쓰기** | **찌개** |

# 測驗時間

1. 結合這些字母。

| | | |
|---|---|---|
| ① ㅊ + ㅏ → ☐ | | ⑤ ㄸ + ㅗ → ☐ |
| ② ㅋ + ㅓ → ☐ | | ⑥ ㅍ + ㅜ → ☐ |
| ③ ㄲ + ㅐ → ☐ | | ⑦ ㅆ + ㅣ → ☐ |
| ④ ㅃ + ㅡ → ☐ | | ⑧ ㅌ + ㅔ → ☐ |

2. 聆聽並確認這些音節。 TRACK 054

| | | | |
|---|---|---|---|
| ① | ☑ 터 | ☐ 더 | |
| ② | ☐ 귀 | ☐ 취 | |
| ③ | ☐ 대 | ☐ 깨 | |
| ④ | ☐ 바 | ☐ 빠 | |

**3. 聆聽並完成這些音節。** TRACK 055

| | | |
|---|---|---|
| ❶ | ㅏ | ㅓ |
| ❷ | ㅗ | ㅜ |
| ❸ | ㅒ | ㅒ |

繞口令 혀 풀기　TRACK 056

초코 쿠키 파티가 개최되니
다ㄱ 초ㄱ 쿠키가
초코 케이크 마스ㄱ 쓰고
초코 쿠키 파티에
뛰어가나 보다 .

巧克力餅乾派對

1. ① 갗 ② 깇 ③ 걔 ④ 咞 ⑤ 咢 ⑥ 앟 ⑦ ⑧ 껟 2. ① 터 ② 됴 ③ 죠 ④ 깨 ⑤ 뱌 3. ① 띠 ② 삐 ③ 뾰 ⑤ 쪼 ② 텨 ④ 테, 대

# 母音 ② 모음 ②

雙母音
이중 모음

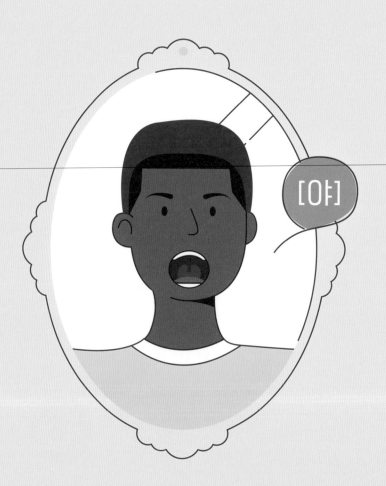

[야]

TRACK 057

🔊 聆聽單字裡的母音並在方框中打勾。

| 母音 | 單字 | 中文 | |
|---|---|---|---|
| ㅑ | 샤워 | 淋浴 | ☐ |
| ㅕ | 티셔츠 | T恤 | ☐ |
| ㅛ | 요가 | 瑜珈 | ☐ |
| ㅠ | 메뉴 | 菜單 | ☐ |
| ㅒ | 아이섀도 | 眼影 | ☐ |
| ㅖ | 예스맨 | 好好先生 | ☐ |
| ㅘ | 치와와 | 吉娃娃 | ☐ |
| ㅙ | 왜건 | 休旅車 | ☐ |
| ㅝ | 타워 | 塔 | ☐ |
| ㅞ | 웨이터 | 服務生 | ☐ |
| ㅢ | 여의도 | 汝矣島 | ☐ |

## 雙母音

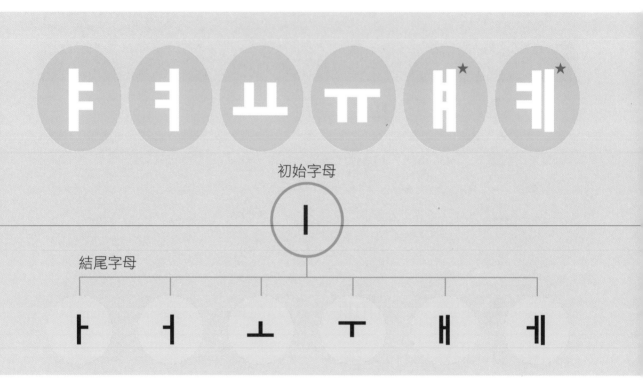

初始字母

結尾字母

★如同現在幾乎不區分 ㅐ 和 ㅔ 的發音，ㅒ 和 ㅖ 的發音幾乎相同。

 聆聽並反覆練習。 TRACK 058

야 여 요 유 얘 예 와 왜 워 웨 의

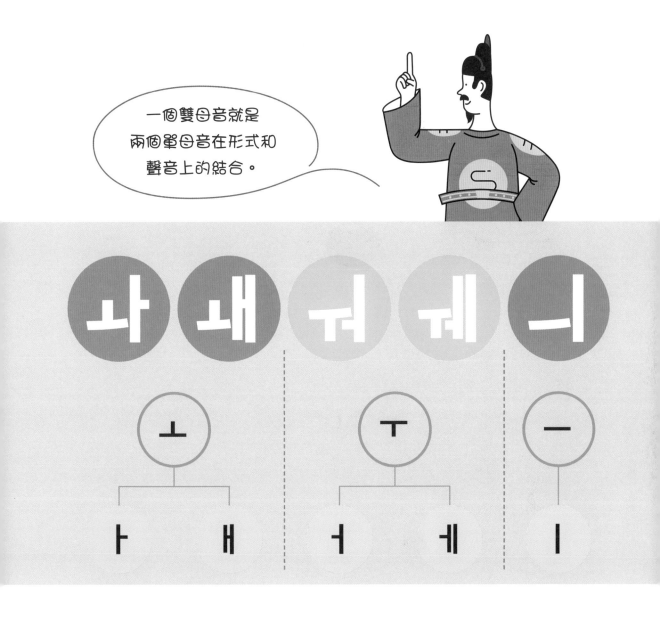

一個雙母音就是兩個單母音在形式和聲音上的結合。

🔑 發音小技巧

把雙母音想成在短暫時間內接續發出兩個母音，與單母音不同的是，一開始的嘴形和結尾的嘴形會不同。

聆聽並畫圈。 TRACK 059

야 야 야 야 야

### 發音

 →

開始　　　　結束

重複並畫圈。

야 야 야 야 야

### 書寫

---

聆聽並畫圈。 TRACK 060

여 여 여 여 여

### 發音

開始　　　　結束

重複並畫圈。

여 여 여 여 여

### 書寫

ㅛ

요

이요

聆聽並畫圈。 TRACK 061

요 요 요 요 요

**發音**

開始 → 結束

重複並畫圈。

요 요 요 요 요

**書寫**

ㅛ

ㅠ

유

이유

聆聽並畫圈。 TRACK 062

유 유 유 유 유

**發音**

開始 → 結束

重複並畫圈。

유 유 유 유 유

**書寫**

ㅠ

聆聽並畫圈。 TRACK 063

애 애 애 애 애

## 發音

開始　　　　　結束

重複並畫圈。

애 애 애 애 애

## 書寫

聆聽並畫圈。 TRACK 064

예 예 예 예 예

## 發音

開始　　　　　結束

重複並畫圈。

예 예 예 예 예

## 書寫

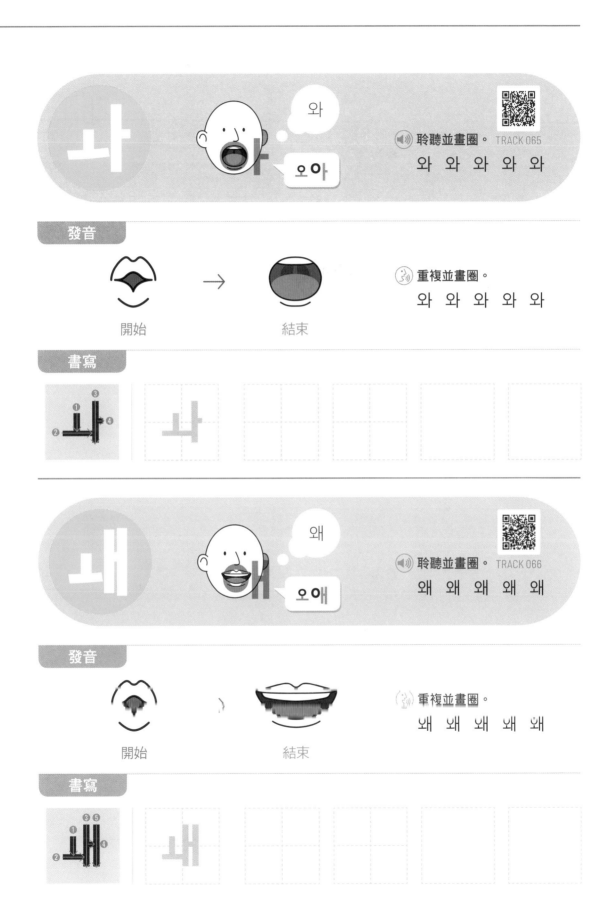

## 와

와
오아

🔊 **聆聽並畫圈。** TRACK 065

와　와　와　와　와

**發音**

開始　→　結束

🗣 **重複並畫圈。**

와　와　와　와　와

**書寫**

## 왜

왜
오애

🔊 **聆聽並畫圈。** TRACK 066

왜　왜　왜　왜　왜

**發音**

開始　→　結束

🗣 **重複並畫圈。**

왜　왜　왜　왜　왜

**書寫**

워

우어

聆聽並畫圈。 TRACK 067

워 워 워 워 워

### 發音

 →

開始　　　　　　　結束

重複並畫圈。

워 워 워 워 워

### 書寫

---

웨

우에

聆聽並畫圈。 TRACK 068

웨 웨 웨 웨 웨

### 發音

 →

開始　　　　　　　結束

重複並畫圈。

웨 웨 웨 웨 웨

### 書寫

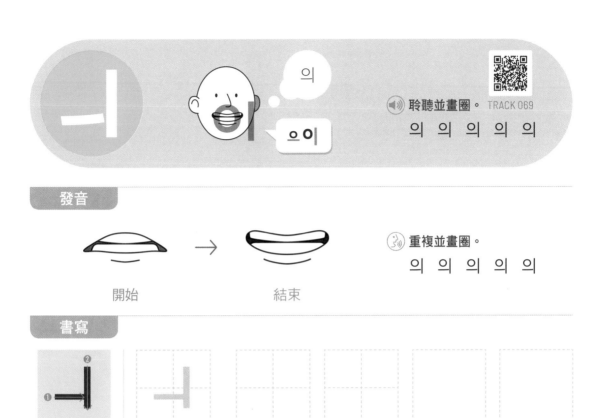

의

으이

🔊 **聆聽並畫圈。** TRACK 069

의 의 의 의 의

**發音**

開始 → 結束

🗣️ **重複並畫圈。**

의 의 의 의 의

**書寫**

# 單字

 聆聽並重複這些單字。

TRACK 070

棒球

女人

畫家

# 야구　　　여자　　　화가

 1. 聆聽並圈出正確的圖示。

TRACK 071

①

②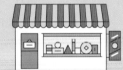

③

| 超市 | 教授 | 芥末 |

| 슈퍼 | 교수 | 겨자 |

TRACK 072

◀» 2. 聆聽並圈出正確的單字。

| ❶ | 야구 | 여자 |
| ❷ | 화가 | 슈퍼 |
| ❸ | 교수 | 겨자 |

1. ① 야구(아쿠라) ② 화가(화니) ③ 겨자(가세니) 2. ① 여자 ② 슈퍼 ③ 교수

# 測驗時間

✏️ **1. 結合這些字母。**

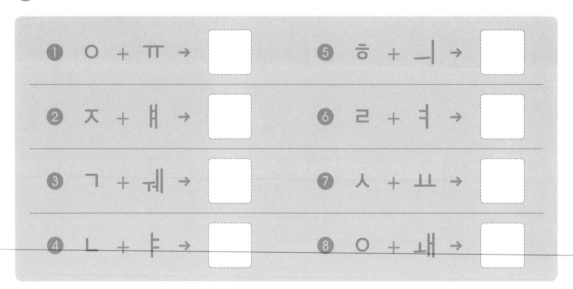

❶ ㅇ + ㅠ → ☐   ❺ ㅎ + ㅢ → ☐

❷ ㅈ + ㅐ → ☐   ❻ ㄹ + ㅕ → ☐

❸ ㄱ + ㅖ → ☐   ❼ ㅅ + ㅛ → ☐

❹ ㄴ + ㅑ → ☐   ❽ ㅇ + ㅙ → ☐

🔊 **2. 聆聽並確認這些音節。**

TRACK 073

| ❶ | ☑ 샤 | ☐ 쇼 |
|---|---|---|
| ❷ | ☐ 의 | ☐ 예 |
| ❸ | ☐ 묘 | ☐ 뭐 |
| ❹ | ☐ 궤 | ☐ 과 |

**3. 聆聽並完成這些音節。** TRACK 074

❶
| ㅇ | ㄹ | | ㅇ | ㄹ |
|---|---|---|---|---|
| | | 料理 | | | 我們 |

❷
| ㅎ | ㄱ | | ㅎ | ㄱ |
|---|---|---|---|---|
| | | 放學 | | | 效果 |

❸
| ㄷ | ㅈ | | ㄷ | ㅈ |
|---|---|---|---|---|
| | | 豬 | | | 大地 |

🔊 **繞口令** 혀 풀기 TRACK 075

워리가 야유회 가서
돼지두 사귀고 여우도 사귀어서
얘도 재도 워리야 뭐 하냐 무르니
왜 그러냐 하며
돼지도 여우도 와르르 데려와요

1. ① 우스 ② 거세 ③ 왜 ④ 워이 ⑤ 죄 ⑥ 니 ⑦ 의시 ⑧ 위해 2. ① 쏘 ② 쎄 ③ 떠 ④ 뺘 3. ① 요리, 우리 ② 하교, 효과 ③ 돼지, 대지

# 終聲 받침

終聲
받침

[읍]

◀» 聆聽單字裡的終聲並在方框中打勾。

| 받침 ㅁ | 게임 | 遊戲 | ☐ |
|---|---|---|---|
| 받침 ㅂ | 클럽 | 俱樂部 | ☐ |
| 받침 ㄴ | 팬 | 粉絲 | ☐ |
| 받침 ㄷ | 로봇 | 機器人 | ☐ |
| 받침 ㄹ | 앨범 | 相簿 | ☐ |
| 받침 ㄱ | 핸드백 | 手提包 | ☐ |
| 받침 ㅇ | 쇼핑 | 逛街 | ☐ |

# • 終聲

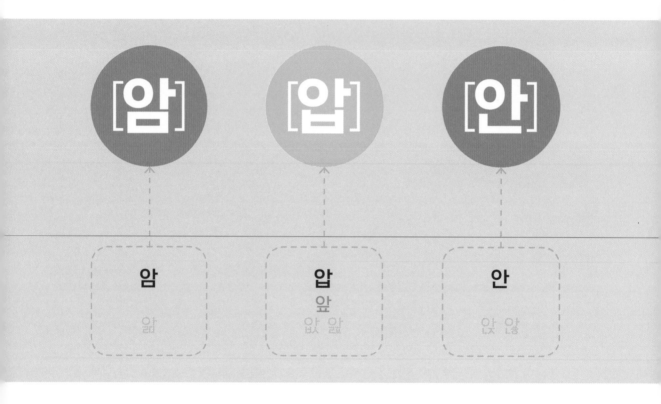

  TRACK 077

암 압 안 앋 알 악 앙

下方有許多子音，
但他們只會有
七種發音。

[알]　　[알]　　[악]　　[앙]

앋
앝 앗 았
앚 앛 앉

알
앎 앐
앏 앒

악
앆 악
앇 앍

앙

發音小技巧

終聲的發音位置是在一個音節的最後愈來愈沉、直到兩個發音位置相會。

받침（終聲）是位在音節最後的子音。받침是받치다的名詞，動詞的意思是「支持」。終聲並沒有特定規則，但在有終聲和沒有終聲的狀況下，音節的拼音會有所不同。

下方的範例中，아、규和뷔沒有終聲，但是성、독和완有終聲，分別是ㅇ、ㄱ和ㄴ。我們稱後者音節末端的字母為받침 ㅇ、받침 ㄱ和받침 ㄴ。

「ㅇ」作為初始子音時不會發音，但放在終聲位置時就會發音。

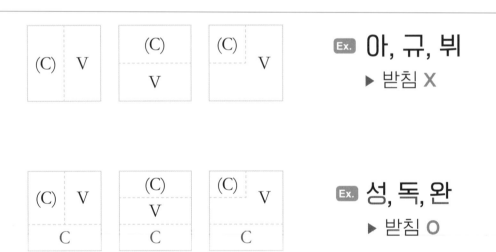

你在這個單元裡會看到奇怪的子音，這些子音會出現在我們之前學到的子音下方，稱為「雙終聲」（겹받침）。換句話說，兩個子音會並列，例如ㄲ、ㅄ、ㄿ、ㄼ、ㄳ、ㄾ、ㅀ、ㄵ、ㄶ、ㄺ和ㄻ。

　　學韓語的時候，你可能不曾看過某些雙終聲，因為它們很少被使用。因此，你現在不需要牢記所有的雙終聲。總之，它的發音會是我們在步驟1中聽到的七個받침之一！

　　只要記得，終聲只有七種發音，而你應該要熟練它們的正確發音。

## 第2步 | 一步一步來

암 / 앎

發音① 암

### 相同發音

· 發音為 [ㅁ] 的終聲

ㅁ ㄻ

聆聽並畫圈。 TRACK 078

암 암 암 암 암

### 音節結構

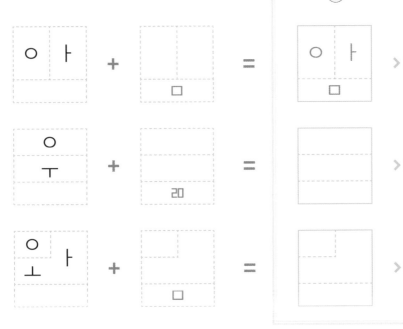

完成並複寫一次音節。

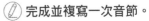

結合這些字母，然後聆聽並重複。 TRACK 079

❶ 저 + ㅁ = 점

❷ 고 + ㄻ = _____

❸ 과 + ㅁ = _____

84

압 / 앞 / 없 / 앞

發音② 압

相同發音

・發音為 [ㅂ] 的終聲

 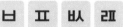

ㅂ ㅍ ㅄ ㄿ

🔊 聆聽並畫圈。 TRACK 080

압 압 압 압 압

音節結構

✏️ 完成並複寫一次音節。

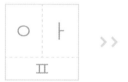 >> 앞

 >>

 >>

 結合這些字母，然後聆聽並重複。 TRACK 081

❶ 가 + ㅄ = ＿＿＿＿    ❷ 수 + ㅍ = ＿＿＿＿    ❸ 웨 + ㅂ = ＿＿＿＿

[ㄴ]

안 / 앉 / 않

發音③ 안

## 相同發音

・發音為 [ㄴ] 的終聲

ㄴ   ㄵ   ㄶ

🗣 聆聽並畫圈。 TRACK 082

안 안 안 안 안

## 音節結構

✎ 完成並複寫一次音節。

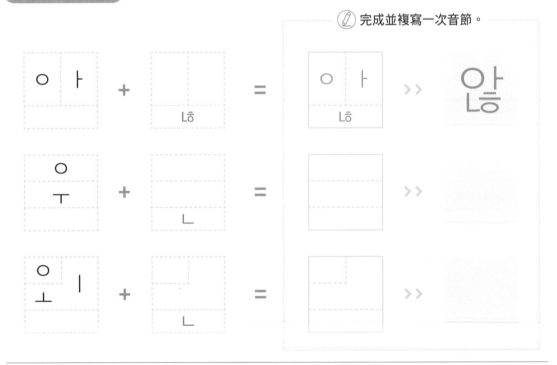

🔊 結合這些字母，然後聆聽並重複。 TRACK 083

❶ 아 + ㄵ = _____

❷ 꼬 + ㄶ = _____

❸ 웨 + ㄴ = _____

[ㄷ]

앋 / 앝 / 앗 / 았 / 앚 / 앛 / 앟

發音④

相同發音

· 發音為 [ㄷ] 的終聲

ㄷ ㅌ ㅅ ㅆ ㅈ ㅊ ㅎ

 聆聽並畫圈。 TRACK 084

앝 앝 앝 앝 앝

音節結構

完成並複寫一次音節。

 結合這些字母,然後聆聽並重複。 TRACK 085

❶ 마 + ㅈ = ____

❷ 꼬 + ㅊ = ____

❸ 와 + ㅆ = ____

[ㄹ]

알 / 앎 / 앐 / 앑 / 앓

發音⑤ 알

## 相同發音

・發音為 [ㄹ] 的終聲

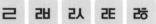

ㄹ ㄼ ㄽ ㄾ ㅀ

聆聽並畫圈。 TRACK 086

알 알 알 알 알

## 音節結構

完成並複寫一次音節。

| ㅇ ㅏ | + | ㄹ | = | ㅇ ㅏ ㄹ | ›› | 알 |

| ㅇ ㅜ | + | ㄹ | = | | ›› | |

| ㅜ ㅇ ㅓ | + | ㄹ | = | | ›› | |

結合這些字母，然後聆聽並重複。 TRACK 087

❶ 시 + ㅀ = ＿＿＿　　　❷ 꾸 + ㄹ = ＿＿＿　　　❸ 화 + ㄹ = ＿＿＿

[ㄱ]

악 / 앆 / 앜 / 앇 / 앍

發音⑥ 악

## 相同發音

・發音為 [ㄱ] 的終聲

ㄱ ㄲ ㅋ ㄳ ㄺ

🗣 聆聽並畫圈。 TRACK 088

악 악 악 악 악

## 音節結構

✏️ 完成並複寫一次音節。

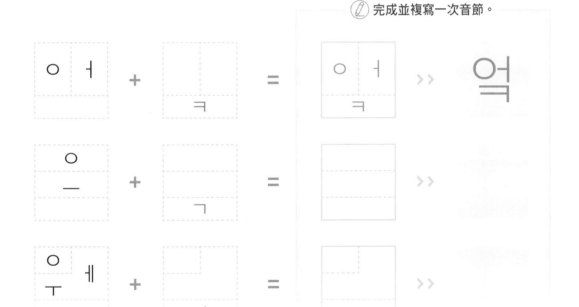

| ○ ㅓ | + | ㅋ | = | ○ ㅓ ㅋ | >> | 억 |

| ○ ㅡ | + | ㄱ | = | | >> | |

| ○ ㅜ ㅔ | + | ㅣ | = | | >> | |

 結合這些字母，然後聆聽並重複。 TRACK 089

❶ 이 + ㄹ = ＿＿＿＿   ❷ 느 + ㄹ = ＿＿＿＿   ❸ 휘 + ㄱ = ＿＿＿＿

## 相同發音

· 發音為 [ㅇ] 的終聲

ㅇ

 聆聽並畫圈。 TRACK 090

앙 앙 앙 앙 앙

## 音節結構

✏ 完成並複寫一次音節。

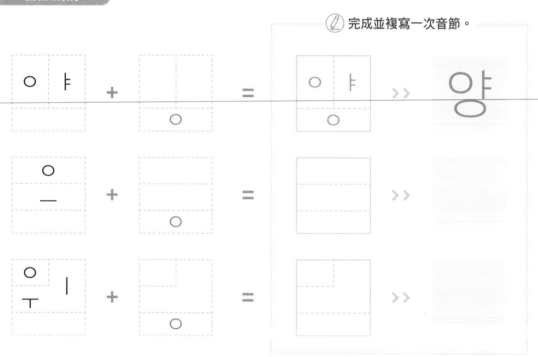

 結合這些字母，然後聆聽並重複。 TRACK 091

❶ 배 + ㅇ = _____     ❷ 고 + ㅇ = _____     ❸ 꽈 + ㅇ = _____

## 🔑 發音技巧

　　如果你想要正確發出암(ㅏ+ㅁ)的音,可以假想正在說아+마(ㅏ+ㅁ+ㅏ),但在아ㅁ(ㅏ+ㅁ)之後馬上停止。

　　同樣的,在發암的音時,想像你正在說아마,但在發音器官(你的雙唇、舌頭和牙齒,或舌頭和上下顎)要接觸的時候停止,此時應該會有一陣氣流被釋放。相同的方法可以應用在除了受침 ㅇ之外的終聲。

# 單字

◀》 聆聽並重複這些單字。  TRACK 092

皮夾

票券

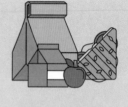

午餐

**지갑**　　　**티켓**　　　**점심**

◀》 1. 聆聽並圈出正確的圖示。  TRACK 093

 ①

②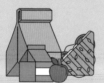

③

背包

朋友

水

가방　　　친구　　　물

🔊 2. 聆聽並圈出正確的單字。

TRACK 094

① 지갑　│　티켓

② 점심　│　가방

③ 친구　│　물

1. ① 티켓(락) ② 점심(친) ③ 친구(ㄱ)　2. ① 지갑 ② 가방 ③ 물

# 測驗時間

✏️ **1. 結合這些字母。**

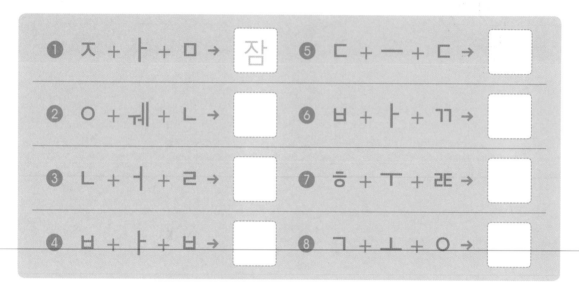

❶ ㅈ + ㅏ + ㅁ → 잠　　❺ ㄷ + ㅡ + ㄷ → 

❷ ㅇ + ㅖ + ㄴ → 　　❻ ㅂ + ㅏ + ㄲ → 

❸ ㄴ + ㅓ + ㄹ → 　　❼ ㅎ + ㅜ + ㄾ → 

❹ ㅂ + ㅑ + ㅂ → 　　❽ ㄱ + ㅗ + ㅇ → 

🔊 **2. 聆聽並確認這些音節。**

TRACK 095

❶ ☑ 극　　　　☐ 근

❷ ☐ 듣　　　　☐ 등

❸ ☐ 합　　　　☐ 할

❹ ☐ 싫　　　　☐ 싱

**3. 聆聽並完成這些音節。** TRACK 096

❶
| ㅊ<br>ㅜ | | ㅊ<br>ㅜ | |
|---|---|---|---|
| | 軸 | | 跳舞 |

❷
| ㅈㅣ | ㄱ<br>ㅡ | ㅈㅣ | ㄱ<br>ㅡ |
|---|---|---|---|
| | | 現在 | 付款 |

❸
| ㅅㅣ | ㄷㅏ | ㅅㅣ | ㄷㅏ |
|---|---|---|---|
| | | 餐廳 | 食譜 |

繞口令 혀 풀기 TRACK 097

간장 공장 공장장은
강 공장장이고
된장 공장 공장장은
공 공장장이다 .

1. ① 장 ② 책상 ③ 거울 ④ 벽시계 ⑤ 드라마 ⑥ 카레 2. ① 그 ② 스웨터 ③ 볼펜 ④ 라면 ⑤ 도장 ⑥ 여자 ⑦ 지갑 ⑧ 운동화 3. ① 축, 춤 ② 지금, 지급 ③ 식당, 식보

# 字母名稱 자모 이름

## 母音

🔊 聆聽、書寫並重複這些依照字典排序的字母名稱。

| | | | | | | |
|---|---|---|---|---|---|---|
| ㅏ | 아 | 아 | 아 | 아 | 아 | 아 |
| ㅑ | 야 | 야 | 야 | 야 | 야 | 야 |
| ㅓ | 어 | 어 | 어 | 어 | 어 | 어 |
| ㅕ | 여 | 여 | 여 | 여 | 여 | 여 |
| ㅗ | 오 | 오 | 오 | 오 | 오 | 오 |
| ㅛ | 요 | 요 | 요 | 요 | 요 | 요 |
| ㅜ | 우 | 우 | 우 | 우 | 우 | 우 |
| ㅠ | 유 | 유 | 유 | 유 | 유 | 유 |
| ㅡ | 으 | 으 | 으 | 으 | 으 | 으 |
| ㅣ | 이 | 이 | 이 | 이 | 이 | 이 |

| ㅐ | 애 | 애 | 애 | 애 | 애 | 애 |
| ㅒ | 얘 | 얘 | 얘 | 얘 | 얘 | 얘 |
| ㅔ | 에 | 에 | 에 | 에 | 에 | 에 |
| ㅖ | 예 | 예 | 예 | 예 | 예 | 예 |
| ㅘ | 와 | 와 | 와 | 와 | 와 | 와 |
| ㅙ | 왜 | 왜 | 왜 | 왜 | 왜 | 왜 |
| ㅚ | 외 | 외 | 외 | 외 | 외 | 외 |
| ㅝ | 워 | 워 | 워 | 워 | 워 | 워 |
| ㅞ | 웨 | 웨 | 웨 | 웨 | 웨 | 웨 |
| ㅟ | 위 | 위 | 위 | 위 | 위 | 위 |
| ㅢ | 의 | 의 | 의 | 의 | 의 | 의 |

# 子音 자음

🔊 聆聽、書寫並重複這些依照字典排序的字母名稱。

| | | | | | |
|---|---|---|---|---|---|
| ㄱ | 기역 | 기역 | 기역 | 기역 | 기역 |
| ㄴ | 니은 | 니은 | 니은 | 니은 | 니은 |
| ㄷ | 디귿 | 디귿 | 디귿 | 디귿 | 디귿 |
| ㄹ | 리을 | 리을 | 리을 | 리을 | 리을 |
| ㅁ | 미음 | 미음 | 미음 | 미음 | 미음 |
| ㅂ | 비읍 | 비읍 | 비읍 | 비읍 | 비읍 |
| ㅅ | 시옷 | 시옷 | 시옷 | 시옷 | 시옷 |
| ㅇ | 이응 | 이응 | 이응 | 이응 | 이응 |
| ㅈ | 지읒 | 지읒 | 지읒 | 지읒 | 지읒 |
| ㅊ | 치읓 | 치읓 | 치읓 | 치읓 | 치읓 |

| ㅋ | 키읔 | 키읔 | 키읔 | 키읔 | 키읔 |
| ㅌ | 티읕 | 티읕 | 티읕 | 티읕 | 티읕 |
| ㅍ | 피읖 | 피읖 | 피읖 | 피읖 | 피읖 |
| ㅎ | 히읗 | 히읗 | 히읗 | 히읗 | 히읗 |
| ㄲ | 쌍기역 | 쌍기역 | 쌍기역 | 쌍기역 |
| ㄸ | 쌍디귿 | 쌍디귿 | 쌍디귿 | 쌍디귿 |
| ㅃ | 쌍비읍 | 쌍비읍 | 쌍비읍 | 쌍비읍 |
| ㅆ | 쌍시옷 | 쌍시옷 | 쌍시옷 | 쌍시옷 |
| ㅉ | 쌍지읒 | 쌍지읒 | 쌍지읒 | 쌍지읒 |

第三章

# 連接發音

## 연결 발음

終聲在連接到下一個字母時是怎麼發音呢？

當終聲的發音位置和下一個初始母音距離很遠時，有幾個可以讓你發音更自然、舒適的規則。

# 1. 連音 이어서 발음하기

| 終聲 | 單字 | 發音 |
|---|---|---|
| ㄱㄴㄷㄹㅁㅂㅅ<br>ㅈㅊㅋㅌㅍㄲㅆ ▶ | 악 어 | [ 악 어 → 아 거 ] |
| ㄳㄵㄺㄻㄼ<br>ㄽㄾㄿㅄ ▶ | 젊 음 | [ 젊 음 → 절 름 ] |

◀)) 聆聽每一個音節以及整個單字,比較並複誦一次。

TRACK 100

## 한국어 韓語

- 한 [한]
  국 [국]
  어 [어]
- 한국어 [한구거]

## 맑음 晴朗的

- 맑 [막]
  음 [음]
- 맑음 [말금]

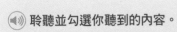 

◀)) 聆聽並勾選你聽到的內容。

TRACK 101

❶ ◀)) ☐ A. [한], [국], [어]
   ☐ B. [한구거]

❷ ◀)) ☐ A. [막], [음]
   ☐ B. [말금]

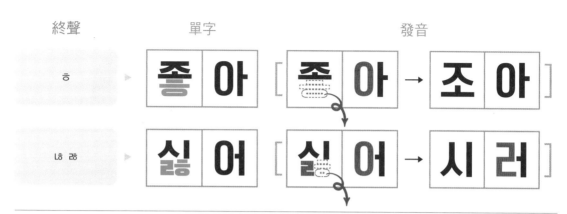

| 終聲 | 單字 | 發音 |
|---|---|---|
| ㅎ | 좋아 | [좋아 → 조아] |
| ㅀ ㅅㅎ | 싫어 | [싫어 → 시러] |

🔊 聆聽每一個音節以及整個單字,比較並複誦一次。

TRACK 102

**쌓이다** 堆疊

- 쌓 [싿]
  이 [이]
  다 [다]
- 쌓이다 [싸이다]

**끊이다** 停止

- 끊 [끈]
  이 [이]
  다 [다]
- 끊이다 [끄니다]

🔊 聆聽並勾選你聽到的內容。

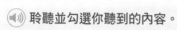 

TRACK 103

❸ 🔊 ☐ A. [쌷], [이], [다]
☐ B. [싸이다]

❹ 🔊 ☐ A. [끈], [이], [다]
☐ B. [끄니다]

# 2. 相似發音 비슷하게 발음하기

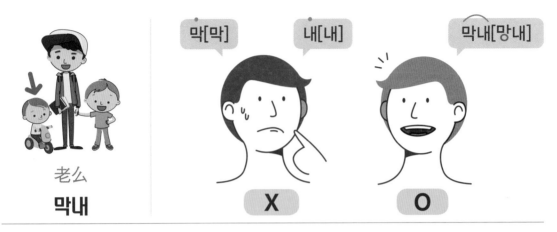

막[막]　내[내]　막내[망내]

老么
**막내**

X　O

 聆聽每一個音節以及整個單字，比較並複誦一次。
TRACK 104

**국내** 國內

- 국 [국]
  내 [내]
- 국내 [궁내]

**첫눈** 初雪

- 첫 [천]
  눈 [눈]
- 첫눈 [천눈]

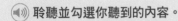

 聆聽並勾選你聽到的內容。
TRACK 105

❶ ◀) ☐ A. [국], [내]
　　☐ B. [궁내]

❷ ◀) ☐ A. [천], [눈]
　　☐ B. [천눈]

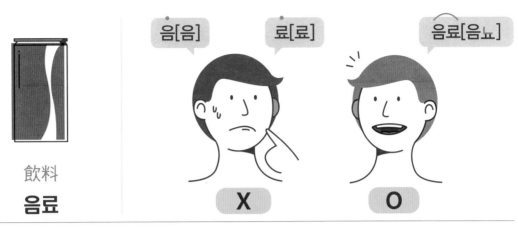

飲料

**음료**

---

 聆聽每一個音節以及整個單字，比較並複誦一次。

TRACK 106

**난로** 暖爐

· 난 [난]
　로 [로]
· 난로 [날로]

**석류** 石榴

· 석 [석]
　류 [류]
· 석류 [성뉴]

---

 聆聽並勾選你聽到的內容。

TRACK 107

**3** ◀)) ☐ A. [난], [로]
　　　 ☐ B. [날로]

**4** ◀)) ☐ A. [석], [류]
　　　 ☐ B. [성뉴]

2①B ②A ③B ④A

# 3. 用力發音 강하게 발음하기

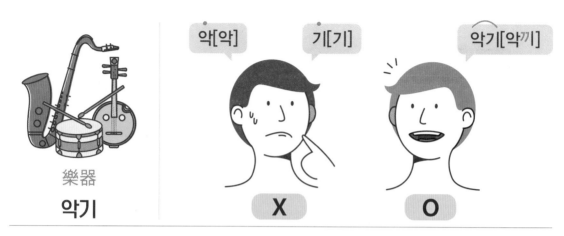

樂器
악기

 聆聽每一個音節以及整個單字,比較並複誦一次。

TRACK 108

**식당** 餐廳

- 식 [식]
  당 [당]
- 식당 [식땅]

**덥다** 熱

- 덥 [덥]
  다 [다]
- 덥다 [덥따]

 聆聽並勾選你聽到的內容。

TRACK 109

❶ 🔊 ☐ A. [식], [당]
☐ B. [식땅]

❷ 🔊 ☐ A. [덥], [다]
☐ B. [덥따]

# 4. 強力發音 거칠게 발음하기

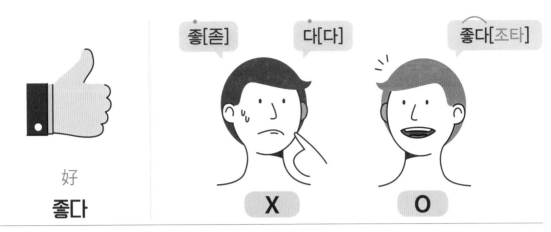

好
**좋다**

좋[존]   다[다]   좋다[조타]

X   O

🔊 聆聽每一個音節以及整個單字，比較並複誦一次。

TRACK 110

**입학** 入學

- 입 [입]
  학 [학]
- 입학 [이팍]

**괜찮다** 沒關係

- 괜 [괜]
  찮 [찬]
  다 [다]
- 괜찮다 [괜찬타]

🔊 聆聽並勾選你聽到的內容。

TRACK 111

❶ 🔊  ☐ A. [입], [학]
      ☐ B. [이팍]

❷ 🔊  ☐ A. [괜], [찬], [다]
      ☐ B. [괜찬타]

# 複習

## 1. 連續發音 ─連音 연음

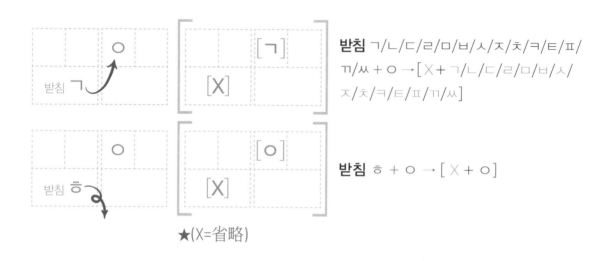

**받침** ㄱ/ㄴ/ㄷ/ㄹ/ㅁ/ㅂ/ㅅ/ㅈ/ㅊ/ㅋ/ㅌ/ㅍ/ㄲ/ㅆ + ㅇ → [X + ㄱ/ㄴ/ㄷ/ㄹ/ㅁ/ㅂ/ㅅ/ㅈ/ㅊ/ㅋ/ㅌ/ㅍ/ㄲ/ㅆ]

**받침** ㅎ + ㅇ → [X + ㅇ]

★(X=省略)

## 2. 相似發音 ─語音同化 동화

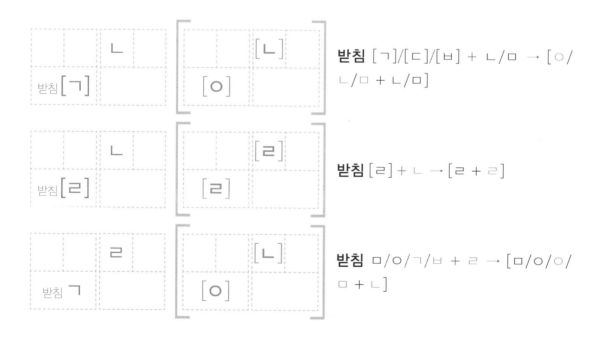

**받침** [ㄱ]/[ㄷ]/[ㅂ] + ㄴ/ㅁ → [ㅇ/ㄴ/ㅁ + ㄴ/ㅁ]

**받침** [ㄹ] + ㄴ → [ㄹ + ㄹ]

**받침** ㅁ/ㅇ/ㄱ/ㅂ + ㄹ → [ㅁ/ㅇ/ㅇ/ㅁ + ㄴ]

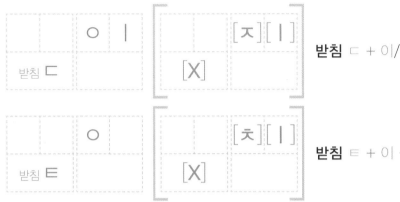

받침 ㄷ + 이/히 → [ X + 지/치 ]

받침 ㅌ + 이 → [ X + 치 ]

# 3. 用力發音_硬音化 경음화

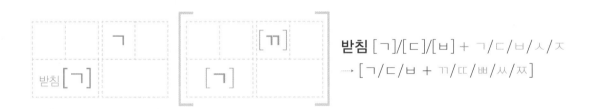

받침 [ㄱ]/[ㄷ]/[ㅂ] + ㄱ/ㄷ/ㅂ/ㅅ/ㅈ
→ [ ㄱ/ㄷ/ㅂ + ㄲ/ㄸ/ㅃ/ㅆ/ㅉ ]

# 4. 強力發音_激音化 격음화

받침 ㅎ + ㄱ/ㄷ/ㅂ/ㅈ → [ X + ㅋ/
ㅌ/ㅍ/ㅊ ]

# 最豐富的韓語學習、教學教材
# 跟著國際學村走就對了！

# TOPIK 韓檢學習推薦

短期衝刺、長期準備皆適用！
國際學村精選韓語檢定應考書籍，精準剖析 TOPIK 考試所有題型！
不管你準備時間夠不夠，都可以從中挑一本最適合自己的書準備考試！

作者／金勳、金美貞、金承玉、
　　　LIM RIRA、張志連、趙仁化
★ 附考試專用作答紙、聽力測驗 MP3

作者／李太煥
★ 雙書裝、附 QR 碼線上音檔

作者／金周衍、文仙美、劉載善、
　　　李知昱、崔裕河

作者／元銀榮、李侑美

# 台灣廣廈 國際出版集團
Taiwan Mansion International Group

國家圖書館出版品預行編目（CIP）資料

大家來學韓國語40音 / Key Publications 著 . -- 初版 .
-- 新北市：國際學村，2023.09
　面；　公分 .
ISBN 978-986-454-306-9
1.CST: 韓語　2.CST: 發音

803.24　　　　　　　　　　　112013586

## 國際學村

# 大家來學韓國語40音

| | |
|---|---|
| 作　　　者／Key Publications | 編輯中心編輯長／伍峻宏・編輯／邱麗儒 |
| | 封面設計／何偉凱・內頁排版／菩薩蠻數位文化有限公司 |
| | 製版・印刷・裝訂／東豪・弼聖／紘億・明和 |

| | |
|---|---|
| 行企研發中心總監／陳冠蒨 | 線上學習中心總監／陳冠蒨 |
| 媒體公關組／陳柔彣 | 數位營運組／顏佑婷 |
| 綜合業務組／何欣穎 | 企製開發組／江季珊 |

發　行　人／江媛珍
法　律　顧　問／第一國際法律事務所 余淑杏律師・北辰著作權事務所 蕭雄淋律師
出　　　版／國際學村
發　　　行／台灣廣廈有聲圖書有限公司
　　　　　　地址：新北市235中和區中山路二段359巷7號2樓
　　　　　　電話：（886）2-2225-5777・傳真：（886）2-2225-8052
讀者服務信箱／cs@booknews.com.tw

代理印務・全球總經銷／知遠文化事業有限公司
　　　　　　地址：新北市222深坑區北深路三段155巷25號5樓
　　　　　　電話：（886）2-2664-8800・傳真：（886）2-2664-8801
郵 政 劃 撥／劃撥帳號：18836722
　　　　　　劃撥戶名：知遠文化事業有限公司（※單次購書金額未達1000元，請另付70元郵資。）

■ 出版日期：2023年09月　　　ISBN：978-986-454-306-9
　　　　　　　　　　　　　　版權所有，未經同意不得重製、轉載、翻印。